Manual
de instrucciones

edebé

© Texto: Jordi Sierra i Fabra, 2013
© Ilustraciones: Francesc Rovira, 2013

© Ed. Cast.: edebé, 2013
Paseo de San Juan Bosco, 62
08017 Barcelona
www.edebe.com

Directora de la colección: Reina Duarte
Editora de Literatura Infantil: Elena Valencia
Diseño de cubierta: Francesc Sala

1.ª edición, marzo 2013

ISBN 978-84-683-0808-1
Depósito Legal: B. 164-2013
Impreso en España
Printed in Spain
EGS – Rosario, 2 – Barcelona

Manual
de instrucciones

Texto: Jordi Sierra i Fabra
Ilustraciones: Francesc Rovira

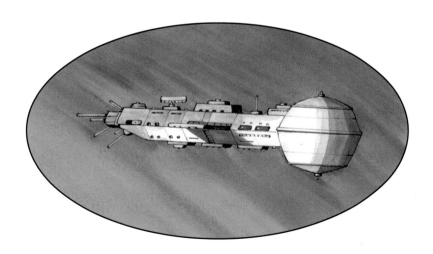

En mitad del firmamento, la nave era igual que una aguja de plata muy brillante.

Su nombre era *Libre*. Un hermoso nombre para explorar el espacio. Un nombre lleno de promesas y esperanzas.

Libre, igual que el espíritu humano.

M y Q contemplaban asombrados aquella inmensidad. Era su primer viaje como exploradores del Cuerpo Espacial. Jamás habían llegado tan lejos en la búsqueda de nuevos mundos. Tantos planetas. Tantas galaxias. Tantos misterios.

—¿Te das cuenta, Q? Estamos solos.

—Quién sabe, M —sonrió Q—. Quizás ahí afuera haya alguien.

—¿Aquí? ¿Estás loca?

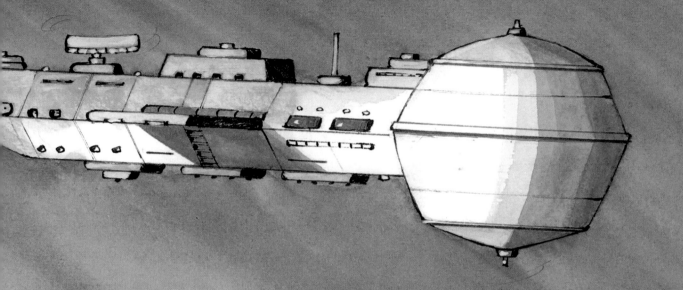

Y entonces, se oyó la voz del ordenador central:

—Planeta de característica A en cuadrante 7. Planeta de característica A en cuadrante 7.

Al ordenador central le gustaba repetirlo todo dos veces, por si no lo pillaban a la primera. Cosas de máquinas.

M y Q se abalanzaron sobre el sistema y examinaron los datos.

La atmósfera era respirable. Incluso había un pequeño sol que lo iluminaba todo. Sorprendente.

Un planeta de característica A era un planeta parecido a la Tierra. Un planeta-promesa.

—Bueno, vamos allá —dijo M—. Prepárate.

M era el oficial de la nave. Q era la exploradora.

—Me llevaré a Pulga, Galaxy, Zumbona y Gusy —dijo Q.
Activó a sus cuatro mascotas.

Pulga tenía forma de perro y era capaz de olerlo todo.
Galaxy era un pequeño robot detector de minerales. Zumbona
podía volar y así otear el panorama desde lo alto. Gusy, por
último, tenía forma de gusano y estudiaba el terreno. Un
equipo perfecto.

Las cuatro mascotas brillaron energéticamente al entrar en
funcionamiento.

—Hola, Q —chisporroteó Pulga.

—¿Tenemos trabajo? —se llenó de luces amarillas Gusy.

—¡Fantástico! —desplegó sus alas Zumbona.

—¡Ah, qué bien sentir los circuitos! —se desperezó
Galaxy.

Entraron en la cápsula de exploración. M contempló a Q con algo de envidia. A él le tocaba orbitar la nave alrededor del planeta. Q, en cambio, bajaría y pondría un pie en aquel mundo inexplorado.

—Suerte, Q —le deseó M.

—Solo será echar un vistazo para el informe y recoger muestras. No es más que un planeta sin vida, seguro.

—Aun así, será emocionante —suspiró M.

La cápsula era pequeña, redondita. Q ocupó su asiento, a los mandos, y las cuatro mascotas se conectaron magnéticamente. En unos segundos la maniobra quedó completada.

—¡No te muevas que ahora vuelvo! —se despidió Q.

—¡Muy graciosa! —refunfuñó M.

La cápsula se separó de la nave.

El descenso fue plácido. En él pudo contemplar la inusitada belleza de aquella postal galáctica y sentirse el mejor de los seres humanos. Cuando finalmente entró en la atmósfera, planeó por encima de aquella tierra buscando un lugar en el que posarse.

Optó por una planicie próxima al amanecer, todavía ligeramente en penumbra.

Era un mundo hermoso en su soledad. Todos los datos suministrados por el ordenador eran favorables: oxígeno, condiciones climatológicas, temperatura, un sol no muy lejano. Solo faltaba el agua.

La vida.

La cápsula tocó tierra levantando una nube de polvo. Q no esperó ni un minuto. Abrió la portezuela y dio un salto. Un pequeño salto para ella, un gran salto para la humanidad.

Cuando sus pies tocaron tierra, fue muy emocionante.

—Astronauta Q contactando con nave espacial *Libre*, ¿me recibes?

—No seas payasa —escuchó la voz de M—. Estamos solos en millones de kilómetros. Te recibo alto y claro. ¿Qué tal ahí abajo?

—Muy emocionada.

—A ver si tendré que ir a por ti…

—Vamos a explorar esto y a recoger algunas muestras.

—¿Y nuestros «ayudantes»?

—Como niños con zapatos nuevos. Pulga lo está oliendo todo. Zumbona no para de dar vueltas alrededor de mi cabeza. Gusy está reptando por el suelo. Y Galaxy tiene los sensores a tope.

—¿La gravedad, la presión…?

—Bien, ningún problema. El sol está saliendo por mi izquierda. Ahora esto casi parece cobrar vida. Las sombras se mueven. Es… maravilloso.

—Descríbeme lo que ves.

—El terreno es rocoso, muerto. Me muevo despacio.

—Sigue hablándome.

—No hay mucho que contar… ¡Oh, espera!

Se hizo un leve silencio.

—¿Qué?

—Hay algo.

—¿Dónde?

—A unos treinta metros.

—¿Qué es?

—No lo distingo bien, pero… ha brillado, y es de color rojo.

En la nave, M se quedó en suspenso. Q pudo escuchar su respiración por los auriculares de su equipo de astronauta.

Algo de color rojo en la superficie de un planeta perdido en el espacio.

—¿Qué hacen Pulga, Galaxy, Zumbona y Gusy?

—Están tiesos como palos.

—Ten cuidado.

—Me acerco —dijo Q.

—No sé si deberías...

Cinco segundos. Diez. ¿Cuánto se tarda en cubrir treinta metros en un nuevo mundo, con otra gravedad, y embutido en un equipo de astronauta?

—¿Q? —se inquietó M.

—¡No puedo creerlo! —se quedó sin aliento la astronauta.

—Vamos, Q, ¿de qué se trata?

Se había detenido delante del objeto, pero temía decirle a M lo que estaba viendo. Incluso a ella le parecía un espejismo.

—Es... UN LIBRO.

—¿Cómo que un libro?

—Es un libro, grande, de color rojo, y está aquí, en mitad de ninguna parte.

—¡No lo toques!

Q no le respondió.

Dio un paso más.

Se agachó.

Y cuando levantó su cubierta...

—¡Q! —gritó M desde el espacio—. ¿Qué pasa?

Q comenzó a llorar de forma suave, llena de ternura:

—Es realmente un libro. El libro más formidable que puedas imaginarte.

—¿Es que... puedes leerlo?

Q tuvo ganas de reír. Gritar.

Hasta las cuatro mascotas comprendían qué representaba aquello.

—No entiendo el lenguaje en el que está escrito, M —dijo finalmente—, pero... es un manual, de jardinería o... no sé ni cómo explicarlo —la voz era un arrullo marcado por la emoción—. Hay una semilla en la tapa interior, y unos dibujos. Indican cómo plantar la semilla y muestran cómo con una sola gota de agua puede brotar la vida para que, dentro de miles de años, este planeta sea un mundo hermoso como la Tierra.

—¿De qué estás hablando, Q?

—Del futuro. Hablo del futuro —susurró Q inundada por aquel sentimiento—. No sé quién lo ha dejado aquí, ni cuándo, pero nos da la llave de la vida. La verdadera llave. Porque... todo está en este libro, ¿entiendes? El futuro, una vez más, es eso: un libro.